AF375566

Analyse d'œuvre

Rédigé par Nicolas Stetenfeld

1984

de George Orwell

GEORGE ORWELL

- Né le 25 juin 1903 à Motihari (Inde)
- Mort le 21 janvier 1950 à Londres (Angleterre)
- **Quelques-unes de ses œuvres :**
  - *Dans la dèche à Paris et à Londres* (autobiographie, 1933)
  - *La Ferme des animaux* (roman, 1945)
  - *1984* (roman, 1949)

D'une vie déjà brève, l'histoire ne retient souvent qu'un titre : *1984*. George Orwell est pourtant bien plus que cela. Parmi les nombreuses professions qu'il a exercées, l'une les englobe toutes et raconte son parcours : écrivain, car Orwell n'a jamais séparé son travail de sa vie. Journaliste, chroniqueur, polémiste, essayiste et romancier, il s'est essayé à tout et, si aujourd'hui son œuvre nous apparaît marquée d'une remarquable cohérence, c'est qu'il a toujours été animé par des combats constants et inébranlables : souci du plus faible, défense de l'opprimé et lutte pour la liberté.

Tour à tour écrivain bohème sans-le-sou à Paris et à Londres, observateur attentif des mineurs dans le Nord de l'Angleterre, soldat engagé auprès des combattants contre le fascisme en Espagne ou correspondant de guerre en Allemagne, il est également amateur de bière, de fauteuil au coin du feu et de jardin potager. Tout est bon chez Orwell pour alimenter les quelques lignes d'une chronique ou les centaines de pages d'un roman.

Mais qu'il parle de la reproduction des crapauds ou qu'il dénonce les horreurs des totalitarismes, cet écrivain fécond marque du sceau de la politique l'ensemble de ses écrits. Sa politique n'est pas celle des politiciens, des jeux de pouvoir envers lesquels il garde une distance salutaire. Son combat est plus désintéressé, plus noble certainement. Réfractaire aux théories pompeuses et aux formules ampoulées, Orwell va droit au but et ses convictions, qu'il martèle et répète à tout qui veut – ou non – les entendre, relèvent de la simplicité des plus humbles : que la souffrance et la misère reculent toujours un peu plus.

1984

- **Genre** : roman
- **1ʳᵉ édition** : 8 juin 1949
- **Édition de référence** : *1984*, Paris, Gallimard, coll. « Folio », 1993, 439 p.
- **Personnages principaux** :
  - Winston Smith, employé au ministère de la Vérité où il est chargé du travail d'adaptation et de réécriture des archives historiques, est incapable de pratiquer cette amnésie sélective exigée par le Parti et ne peut donc pas adhérer complètement à l'idéologie défendue ;
  - Julia, jeune femme travaillant au Commissariat aux romans, cache sous une orthodoxie de façade un véritable instinct rebelle qui la pousse à mener une double vie ;
  - O'Brien, éminente figure de la classe dirigeante du Parti, se présente à Winston comme un membre de la résistance afin de mieux le duper.
- **Thématiques principales** : le pouvoir totalitaire ; la question de la vérité ; la langue

comme moteur de compréhension du monde ;
le prix de la liberté.

Plus de 60 ans après sa sortie, il a suffi d'une
élection présidentielle, celle de Donald Trump
(homme d'affaires et homme d'État américain,
né en 1946), pour que *1984* se retrouve en tête des
ventes aux États-Unis. Même surprise de librairie
lorsqu'un employé de la NSA (National Security
Agency), Edward Snowden (né en 1983), révèle
que les gouvernements de George Bush (homme
d'État américain, né en 1946) et de Barak Obama
(homme d'État américain, né en 1961) ont au-
torisé des programmes de surveillance massive
visant les citoyens en Europe et aux États-Unis.

Que nous raconte donc ce petit roman, largement inspiré des événements qui ont découlés
de la révolution soviétique de 1917, sur nos sociétés libérales et démocratiques ? Bien des choses
assurément, car loin d'être la simple critique du
communisme que certains voient en lui, *1984* est
avant tout un roman d'anticipation qui illustre
bien, quoiqu'imparfaitement, les travers de nos
sociétés modernes : disparition de l'intimité et de
la vie privée par nos appareils toujours connectés,
réalité mise en cause ou réécrite par les *fake news*

et autres faits alternatifs, prise en otage de notre propre liberté de choix par les publicitaires, etc.

Orwell, lorsqu'il entame, en 1947, l'écriture de son roman, ne choisit pas au hasard la ville de Londres, et non Moscou (Russie) ou Berlin (Allemagne), pour cadre de son intrigue. C'est au cœur des failles de nos démocraties modernes qu'il s'immisce pour créer sa dystopie. En cela, *1984* continue de susurrer au lecteur des années 2010 son inquiétante petite musique.

LA VIE DE GEORGE ORWELL

Portrait de George Orwell en 1943.

> « Sa vie fut assurément moins importante que son œuvre, mais elle en fut garante. » (LEYS (Simon), *Orwell ou l'horreur de la politique*, Paris, Hermann, coll. « Savoir », 1984, p. 5)

L'on pourrait aisément partir de cette citation de Simon Leys pour toute biographie de George Orwell, tant celui-ci puise dans sa vie la matière de ses œuvres et fait de ses actes le reflet de sa pensée. Si ces considérations peuvent apparaître comme des truismes lorsque l'on parle d'un auteur engagé, elles doivent pour Orwell être comprises avec la gravité nécessaire.

Homme à la constitution fragile, il ne cesse pourtant de s'immerger entièrement dans les milieux qu'il souhaite étudier, souvent aux dépens de sa famille et de ses amitiés et, *in fine*, au prix de sa vie. Si sa sensibilité politique se forge tout au long de son parcours, c'est au contact des plus miséreux (les sans-abri, les mineurs, les chômeurs, les soldats), avec lesquels il vivra, qu'il puisera le matériau nécessaire à son œuvre. Sensible aux inégalités et à la condition des plus faibles, il passera son existence à défendre avec passion les opprimés.

ENFANCE ET FORMATION : LA CONSCIENCE DE CLASSE

Issu de « la couche inférieure de la strate supérieure de la classe moyenne » (cité par LEYS (Simon), *Orwell ou l'horreur de la politique*, Paris, Hermann, coll. « Savoir », 1984, p. 35) comme il le dit lui-même, George Orwell, alors Eric Blair, est né dans une famille relativement aisée le 25 juin 1903 dans le village de Motihari, dans le Nord-Est de l'Inde. Il est le second enfant de la famille. Sa sœur, Marjorie Frances, est née cinq ans plus tôt. Ses parents, Ida et Richard, se sont installés dans ce coin du Bengale pour quelques mois. Richard est en effet un petit fonctionnaire travaillant pour l'Empire britannique dans le département de l'Opium de l'Indian Civil Service. Chargé de la supervision des champs de pavot, il passe sa vie à voyager d'un lieu à l'autre pour s'assurer du bon fonctionnement des cultures.

Quelques mois après la naissance du petit Eric, Ida rentre en Angleterre. Son mari quant à lui reste en Inde. Eric grandit donc la plupart du temps loin de son père avec lequel il entretient jusqu'au bout des rapports difficiles. L'écart d'âge – lorsque Eric naît, son père a déjà 46 ans, sa mère presque 20 de moins – n'y est pas étranger. Quoi qu'il en soit, les premières années du petit Eric sont sans histoire. Il grandit dans la périphérie de Londres auprès de sa mère, de sa sœur et de ses tantes, engagées dans des combats féministes. Sa santé fragile inquiète cependant sa mère et les premiers signes de faiblesse pulmonaire font déjà leur apparition.

En 1908, année qui voit également naître sa petite sœur, Avril, Eric entame son parcours scolaire. Le jeune garçon est d'une grande intelligence, mais il a un caractère bien trempé qui le pousse la plupart du temps à ne faire que ce qui lui plaît, et l'étude n'en fait pas vraiment partie. Heureusement pour lui, il apprend vite et peut ainsi consacrer la plupart de son temps à la lecture, sa grande passion, et déjà, développer son attrait pour l'écriture. En dehors de cela, c'est un garçon turbulent, du moins pour l'époque et selon les critères stricts de l'institut catholique dans lequel il est scolarisé.

Les parents d'Eric entretiennent de grandes ambitions pour leur fils. Ils souhaitent en effet qu'il intègre une *public school*. Comme leur nom ne l'indique pas, les *publics schools* sont des établissements privés réservés à l'élite sociale et dont les frais d'entrée sont prohibitifs. Pour que le petit Eric puisse y être formé, il faut qu'il obtienne une bourse. Pour cela, il suit une formation très stricte dans un établissement privé réservé aux enfants des familles aisées et aux élèves moins bien dotés, mais prometteurs, à qui l'on concède des frais d'inscription réduits.

Si l'on doit trouver dans la biographie d'Orwell l'épisode fondateur de sa conscience politique, c'est certainement à Saint-Cyprien qu'il faut s'arrêter. Dans cette école, ses origines modestes et sa place précaire dans l'établissement lui seront continuellement rappelées. Il fait pour la première fois l'expérience de l'inégalité sociale et de l'humiliation qui en découle. Cette expérience le prédispose certainement à prendre, plus tard, le parti des plus démunis.

En 1917, il entre dans la plus prestigieuse de toutes les *publics schools* : Eton. Ses années d'études y sont heureuses, il consacre beaucoup de temps à la lecture et à l'écriture. Malgré son diplôme, il est conscient que son parcours scolaire s'arrête à Eton et qu'il ne pourra jamais suivre des études universitaires. Il développe alors peu à peu une envie de dépaysement.

VOYAGES AU CENTRE DE LA MISÈRE

Il décide de s'engager dans la police birmane. Une carrière dans un service chargé de la répression des colonisés peut sembler être un choix étonnant au regard des positions politiques de l'auteur, mais pour ce jeune homme qui ne bénéficiait pas d'innombrables possibilités d'avenir et qui voyait sûrement dans cet engagement une manière de marcher dans les traces de son père, c'est une décision logique et prudente.

De plus, pour sa conscience politique et l'engagement de son œuvre, cette étape, durant laquelle il participe à la domination violente du peuple birman et qui dure tout de même près de cinq ans, se révèle tout à fait décisive. Écœuré de jouer le mauvais rôle et révulsé non seulement par ce qu'il voit, mais également par ce qu'il fait, il finit par abandonner son poste. Il dit : « Je sentais qu'il fallait non seulement que je rejette l'impérialisme mais aussi bien toutes les formes de domination de l'homme par l'homme. » (cité par LEYS (Simon), *Orwell ou l'horreur de la politique*, Paris, Hermann, coll. « Savoir », 1984, p. 26)

Il multiplie alors, pendant plus de dix ans, les expériences auprès des franges les plus marginales de la société. Il vit un moment auprès des sans-abri dans les rues de Paris et de Londres, cueille le houblon avec les saisonniers dans le Kent, partage le quotidien des mineurs et des chômeurs dans le Nord de l'Angleterre et finit par s'engager dans l'armée pour combattre le fascisme en Espagne. Autant d'événements qui nourrissent ses premières publications et qui l'aident à trouver sa voie. Mais, blessé sur le front en Catalogne, il est évacué.

Ce retour marque la fin des aventures pour Orwell, qui se consacre alors plus longuement à l'écriture : « Depuis 1936, chaque ligne de mes travaux sérieux n'a plus eu qu'un objet : lutter directement ou indirectement contre le totalitarisme pour le socialisme démocratique tel que je le comprends. » (cité par Leys (Simon), *ibid.*, p. 28) C'est également en 1936 qu'il épouse Eileen O'Shaughnessy (1905-1945), une jeune femme rencontrée lors d'une soirée un an plus tôt.

LE SUCCÈS ET LES DERNIÈRES ANNÉES

Eric Blair, qui publie ses ouvrages sous le pseudonyme de George Orwell depuis 1933 et la sortie de *Dans la dèche à Paris et à Londres*, a 36 ans quand la Seconde Guerre mondiale (1939-1945) éclate. Malgré son insistance, il ne peut pas y prendre part, car sa santé est devenue bien trop fragile. Son engagement, puisqu'il ne peut être physique, est intellectuel. Il travaille un moment à la BBC et finit, l'année 1945, par réussir à rejoindre le front, grâce au statut de correspondant de guerre.

Bien que la guerre soit presque terminée, Hitler n'est pas encore mort et l'Allemagne n'a toujours pas capitulé lorsqu'il foule les pavés de Cologne (Allemagne). Là-bas, il « respire l'atmosphère totalitaire » (Maltère (Stéphane), *George Orwell*, Paris, Gallimard, coll. « Folio biographies », 2015,

p. 256). Son caractère passionné prend encore une fois le dessus. Il s'épuise à visiter des camps de déplacés et finit par tomber malade. Alité, il apprend que son épouse, âgée seulement de 39 ans, est décédée. Alors qu'elle était souffrante depuis des années, Orwell, trop occupé par ses combats, ne l'avait pas vue décliner.

Dans le même temps, les démarches d'adoption que le couple avait entreprises depuis longtemps aboutissent enfin et, malgré la mort de son épouse, il décide de garder l'enfant. Quelques mois plus tard, *La Ferme des animaux* est publié. La guerre vient de s'achever et les quelques années qui lui restent à vivre sont consacrées principalement à l'écriture de son chef d'œuvre, *1984*, et à l'éducation de son fils. Sa santé l'oblige à des repos fréquents et c'est dans la douleur qu'il met en point final à son roman en 1948.

L'année suivante, le 8 juin 1949, *1984* sort en librairie, et c'est un succès immédiat. Gravement malade, Orwell se marie tout de même une seconde fois, avec une jeune fille nommée Sonia Brownell (1918-1980). Quelques mois plus tard, le 21 janvier 1950, il meurt d'une tuberculose pulmonaire. Il a 46 ans.

RÉSUMÉ DE *1984*

L'UNIVERS TOTALITAIRE

Dans une ville de Londres ravagée par les bombardements incessants et la misère endémique, seuls quelques bâtiments semblent dominer la ville. Ce sont ceux des puissants ministères du gouvernement de l'Angsoc (contraction de socialisme anglais) qui règne d'une main de fer sur les habitants de l'Océania à la suite de la Révolution dans les années 1950. Depuis cette époque, qui a vu la planète ravagée par le feu nucléaire, le monde est divisé en trois blocs vivant en guerre perpétuelle : l'Océania, dont l'ancienne Angleterre fait partie, l'Estasia et l'Eurasia.

L'histoire débute le 4 avril 1984. Winston Smith sort de l'immense structure pyramidale en béton blanc qu'occupe le ministère de la Vérité où il travaille. Dans son misérable appartement soumis au regard constant du télécran – cet appareil que l'on trouve partout et par lequel chaque citoyen peut être observé de jour comme de nuit –, une alcôve dans un mur, vestige d'une bibliothèque qui n'existe plus depuis longtemps, échappe, par le plus grand des hasards, au regard de Big Brother.

Le travail de Winston consiste à corriger et à réécrire constamment les archives historiques selon la vérité du moment défendue par le Parti. Alors qu'il participe activement à ce devoir d'amnésie collective, il n'arrive pas à oublier le passé. Cette situation paradoxale l'empêche d'adhérer totalement aux principes dictés par le Parti, un « crime par la pensée » (p. 33) qui doit évidemment être caché. Mais Winston veut agir, faire quelque chose. C'est pour cela qu'il se lance, après des semaines d'hésitation, dans la rédaction d'un journal : c'est son premier acte de résistance.

L'APPRENTISSAGE DE LA LIBERTÉ

Winston est membre du Parti extérieur, sorte de classe moyenne dans le régime océanien, coincée entre la caste supérieure des dirigeants, le Parti intérieur, et l'immense masse populaire des prolétaires. Parmi les quelques camarades qu'il fréquente ou, du moins, qu'il croise dans cet univers où les liens sociaux et affectifs sont limités à leur plus stricte expression, deux personnes le troublent particulièrement.

La première personne est O'Brien, membre influent du Parti intérieur chez qui Winston croit sentir une connivence et une pareille distance par rapport à l'orthodoxie exigée par le Parti (un simple échange de regard avec cet homme est d'ailleurs à l'origine de son désir d'écriture). La seconde est une jeune femme en tout point conforme aux exigences du gouvernement. Son attitude et ses regards perturbent particuliè-rement Winston qui développe pour elle des sentiments opposés d'attirance physique et de haine féroce.

Winston, persuadé que cet acte d'écriture, même s'il tente de le cacher, le condamne à mort, continue sa vie comme si de rien n'était. Les jours qui suivent sont marqués par son progressif dé-tachement des impératifs du Parti. Il rédige son journal, se balade dans les quartiers prolétaires et fréquente une boutique d'antiquités dans la-quelle il se sent bien, tenue par un sympathique vieillard.

Durant ces pérégrinations, il s'étonne de croiser à plusieurs reprises la jeune fille du ministère. Persuadé qu'elle est en fait un agent de la Police de la Pensée chargé de le surveiller, il envisage même un moment de la réduire définitivement au silence. À sa grande surprise, elle lui transmet un message dans lequel elle lui avoue son attirance et lui donne rendez-vous dans une clairière à la campagne. Elle s'appelle Julia et, si elle fait preuve d'autant de zèle face à Big Brother, c'est avant tout pour cacher un attachement viscéral à la liberté et aux plaisirs de la vie.

Leur relation devient alors autant une histoire d'amour qu'un acte de résistance qui, s'il est découvert, peut les condamner à tout moment. Les amants, face aux difficultés de se retrouver seuls, finissent par louer la petite chambre occupant le premier étage du magasin de l'antiquaire. Ce lieu, malgré un certain délabrement, bénéficie du charme de l'ancien. Là, le couple peut s'abandonner pleinement aux plaisirs simples de la vie.

Un matin, alors que Winston mène sa journée de travail, il est accosté par O'Brien. Celui-ci l'invite à venir chez lui et lui donne son adresse. Son invitation pique la curiosité de Winston qui y voit la confirmation de l'appartenance de O'Brien à la Fraternité, ce groupe de résistants à la tête duquel officie l'ennemi numéro un du régime, Emmanuel Goldstein. Son intuition était juste.

Peu après, il décide de retourner chez O'Brien accompagné de Julia pour s'engager officiellement dans la Fraternité. O'Brien lui fait alors parvenir le livre de Goldstein : *Théorie et pratique du collectivisme oligarchique*. Passionné par cet ouvrage subversif qui vient confirmer la plupart de ses intuitions sur les méthodes adoptées par le gouvernement de Big Brother, il le lit en compagnie de Julia. Celle-ci, peu politisée, n'y prête qu'une attention distraite.

LA DÉFAITE FINALE

Quelque temps plus tard, alors que Winston et Julia sont en train d'échanger des promesses, une voix sortie de nulle part les fige dans l'horreur : « Vous êtes des morts. » (p. 313) Après ces mots, des hommes en noirs envahissent tout à coup leur chambre. Ils sont arrêtés. Derrière un cadre accroché au mur était dissimulé un télécran qui les observait depuis le début et, sous les traits du vieil antiquaire, se cachait un membre de la Police de la Pensée.

Winston est incarcéré dans une cellule du ministère de l'Amour. Là-bas commence une lente et difficile rééducation supervisée par O'Brien.

D'abord battu durant des jours, il est ensuite attaché à une table sur laquelle O'Brien peut lui infliger des souffrances graduées. Ce dernier lui pose alors une série de questions visant à évaluer son degré de soumission au régime. Tant que les réponses ne sont pas satisfaisantes, qu'elles soient erronées ou que Winston n'ait pas mis assez de conviction dans ses paroles, il est torturé.

Alors qu'il est détruit physiquement comme mentalement, sa rééducation est presque terminée. Seul son amour pour Julia persiste encore. Pour l'anéantir, il est transféré dans la pièce 101, une salle où sont infligées aux prisonniers les pires tortures, puisque celles-ci sont basées sur leurs peurs les plus profondes. Sous la menace de rats, animaux qui l'effrayent au plus haut point, il finit par renier son amour pour Julia et perdre les dernières traces d'humanité qui subsistaient en lui. Libéré, il passe ses journées dans un café à se noyer dans l'alcool. Il recroise une fois Julia et se rend compte qu'il n'éprouve plus rien pour elle. Il en aime un autre : Big Brother.

L'ŒUVRE EN CONTEXTE

Achevé durant l'année 1948 – c'est d'ailleurs en inversant les deux derniers chiffres de cette date qu'Orwell trouvera le titre de son œuvre –, *1984* est assurément nourri par les événements tragiques qui ont ponctué la première moitié du XXe siècle. La grande boucherie de la Seconde Guerre mondiale est à peine terminée quand Orwell se lance dans la rédaction de son roman, et *1984* en porte les marques.

Il est dès lors abusif d'y voir une œuvre contre le communisme ou même, comme certains se sont plu à la réduire, contre le socialisme. C'est avant tout une mise en garde contre toutes les formes de totalitarisme, ce système politique dans lequel l'État détient et organise l'ensemble des activités qui composent la société. C'est une étude complète des dérives de nos sociétés démocratiques qui peuvent, selon Orwell, mener aux pires travers. Mais *1984* est aussi nourri de la philosophie et de la conscience politique de son auteur. C'est en somme tout ce que Orwell a combattu durant sa vie qui se trouve condensé dans la société dystopique mise en scène dans le roman.

LA SOMME D'UNE VIE

Comme de nombreux auteurs, George Orwell s'inspire de sa vie pour nourrir son œuvre. Il est à cet égard tout à fait éclairant de remarquer à quel point même dans un roman en apparence aussi exotique que *1984* peut se lire le parcours de la vie de son auteur. Comme l'a noté le journaliste et ami d'Orwell, Tosco Fyvel, il est par exemple évident que le décor de *1984* est largement inspiré de son expérience à l'internat de Saint-Cyprien où « l'absence de vie privée » et le « porridge suri » préludent « à l'univers sordide de *1984* » (cité par Leys (Simon), *Orwell ou l'horreur de la politique*, Paris, Hermann, coll. « Savoir », 1984, p. 21).

De même, sa douloureuse conscience de classe, mise en exergue durant sa formation scolaire à Eton, où il fréquentait des condisciples issus de l'aristocratie et de la haute bourgeoisie, lui inspirera la société rigide et hermétiquement hiérarchisée que l'on retrouve dans le roman. La haine qu'il développe pour la haute société sera inversement proportionnelle à sa fascination pour les classes populaires qu'il n'aura de cesse de fréquenter et de défendre tout en sachant qu'il n'en fera, là non plus, jamais partie.

La figure de la lingère, cette grosse femme que Winston observe de la fenêtre de l'appartement au-dessus du magasin d'antiquités et qu'il trouve « belle » (p. 311), est en cela éclairante. Incarnation de la classe populaire, avec ses « bras forts, un cœur ardent, un ventre fertile » (*ibid.*), elle porte en elle la vitalité de la société. Et lorsque Winston estime que « l'avenir appartient aux prolétaires » (p. 312), l'on pourrait tout aussi bien attribuer cette citation à Orwell lui-même.

UN ROMAN INSPIRÉ PAR L'HISTOIRE DU XXᵉ SIÈCLE

Il est indéniable que le lecteur distrait peut s'étonner que la charge portée par *1984* semble en grande partie prendre les traits d'une satire du système soviétique. De même, que le gouvernement dictatorial à l'œuvre dans le roman porte le nom d'un courant de pensée auquel Orwell fut toujours attaché – le socialisme – peut dérouter.

Voir en Orwell un conservateur de droite est cependant une erreur à ne pas commettre. Si le parti totalitaire de *1984* s'appelle l'Angsoc, ou socialisme anglais, c'est pour deux raisons principales. En premier, l'histoire récente avait appris à Orwell que les systèmes totalitaires, qu'ils soient espagnols, allemands, russes ou italiens, prenaient leurs racines dans un discours et une idéologie, en apparence du moins, socialistes.

La deuxième raison vient très certainement de son attachement et de son intransigeance. La fureur avec laquelle il attaquait les dérives de son propre camp marque moins sa mise en retrait par rapport au socialisme que le sérieux avec lequel il prenait cet idéal. Un idéal qui ne pouvait, selon lui, se réaliser que dans la défaite complète et définitive de tout totalitarisme. Il faut également noter que, contrairement à la plupart des intellectuels de gauche de la même époque en France, Orwell n'éprouvait aucune sympathie envers le communisme. En cela, sa conception de la justice et de la liberté s'apparentait plus à de l'anarchisme qu'à du marxisme.

L'INSCRIPTION FLOUE DANS LA TRADITION LITTÉRAIRE

Les quelques essais ou articles que George Orwell a consacrés à ses auteurs préférés (Charles Dickens [écrivain anglais, 1812-1870], Jonathan Swift [écrivain irlandais, 1667-1745] ou encore Joseph Rudyard Kipling [écrivain anglais, 1865-1936]) sont là pour nous rappeler son intérêt constant pour la littérature. Cependant, *1984* reste largement indépendant des traditions littéraires. Si l'on devait l'inscrire dans une suite, c'est dans l'œuvre d'Orwell elle-même qu'il faut chercher. Celle-ci, par son attachement aux plus vulnérables et sa défense systématique de l'opprimé contre l'oppresseur, offre une cohérence absolue à son travail d'écrivain comme de journaliste.

Il ne faut pas non plus réduire *1984* à l'*opus magnum* d'Orwell. S'il est indéniablement son texte le plus populaire et le plus reconnu, il n'est pas, pour son auteur, la somme d'une carrière, comme le prouvent d'ailleurs les esquisses préparatoires d'un nouveau roman entamé quelques mois avant sa mort.

Pour autant, *1984* n'est pas une œuvre isolée. On peut trouver, surtout dans la littérature anglaise, une tradition dystopique initiée par *Le Napoléon de Notting Hill* (1904) – dont l'intrigue se passe, fruit du hasard, également en 1984 – de Gilbert Keith Chesterton (écrivain anglais, 1874-1936). Le représentant le plus emblématique en est certainement Aldous Huxley (écrivain britannique, 1894-1963) et son roman *Le Meilleur des mondes* (1932), souvent comparé à *1984*. Pourtant, ce n'est pas chez ce dernier qu'Orwell puise son inspiration, mais plutôt dans la prose satirique de Jonathan Swift dont l'histoire a principalement retenu *Les Voyages de Gulliver* (1726). Les deux auteurs partagent effectivement le même goût pour la satire et la critique des travers de leur temps.

ANALYSE DES PERSONNAGES

WINSTON SMITH

Personnage principal de l'histoire à travers les yeux et les pensées duquel sont racontés les événements, Winston Smith est un employé du Commissariat aux Archives. Cette section du Miniver, contraction de ministère de la Vérité, est chargée de la réécriture et de la correction des archives historiques au gré de l'actualité du Parti.

De sa tâche d'écriture, Smith tire un certain plaisir. Ce rare agrément ne compense pas les innombrables contraintes et interdits qui pèsent sur sa vie et sur celle de tous ses concitoyens. Des contraintes d'autant plus douloureuses qu'elles s'exercent dans un monde qui manque de tout. Londres n'est en effet qu'un immense chantier ravagé par la misère et le climat de guerre incessant.

Ainsi, à seulement 39 ans, Smith souffre d'une santé défaillante. De « stature frêle, plutôt petite » (p. 12), il a les cheveux blonds et le visage sanguin à la peau « durcie par le savon grossier, les lames de rasoir émoussées et le froid de l'hiver » (*ibid.*). Un ulcère variqueux non soigné à la jambe le fait souffrir depuis des années et malgré les séances d'exercices imposées par le Parti chaque matin à tous les citoyens, il présente une condition physique déplorable le poussant à s'arrêter « plusieurs fois en chemin pour se reposer » (*ibid.*) lorsqu'il monte les trois étages nécessaires pour rejoindre son appartement.

Ce délabrement physique, symbole des souffrances que fait endurer le Parti à ses citoyens, est également le reflet de son état psychologique. Car Winston, contrairement à la majorité de la population, n'arrive pas à se soumettre aux exigences qu'implique une vie dans ce régime. Il développe peu à peu un rejet du monde tel qu'il va et tente l'expérience de la liberté, d'abord dans la rédaction d'un journal, puis dans la relation amoureuse qu'il entretient avec Julia.

Mais son arrestation nous apprendra que sa tentative de rébellion n'était qu'une supercherie contrôlée dès le départ par la Police de la Pensée, service secret chargé de traquer les auteurs de séditions. Arrêté et torturé, il finit par réussir à soumettre son esprit aux exigences du Parti. Remis en liberté avec la promesse d'être un jour abattu, il se noie dans l'alcool en attendant son sort.

JULIA

Julia est une jeune femme employée au Commissariat aux Romans, une autre section du Miniver où travaille également Winston. Elle se présente au début du roman sous les traits traditionnels des « bigotes du Parti » (p. 22) : avec la ceinture rouge, symbole de la Ligue Anti-Sexe des Juniors, qui ceint ses hanches à la forme « agile et dure » (*ibid.*), elle affiche une orthodoxie totale et un zèle dans la participation aux activités du Parti.

Sous cette apparence, qui pousse Winston à croire qu'elle est une espionne à la solde du gouvernement, elle cache une nature rebelle éprise de liberté. Sa résistance n'est pas, comme chez Winston, d'ordre intellectuel, mais plutôt sensuelle et pragmatique. Elle n'est pas en quête de justice et s'intéresse peu à la vérité, estimant que celle défendue par le Parti n'est pas plus mauvaise qu'une autre. Elle, qui n'a pas connu la période d'avant la Révolution, au contraire de Winston, ne se préoccupe pas non plus de politique et considère « le Parti comme quelque chose d'inaltérable, comme le ciel » (p. 184).

C'est avant tout une jeune femme qui souhaite croquer la vie à pleines dents et qui ne supporte pas les contraintes propres au régime. Pour s'en soustraire, elle développe une « intelligence pratique » (p. 182) que Winston admire et qui lui permet de profiter de plaisirs qui lui sont interdits : le chocolat, le maquillage, le vrai café et, sommet du bonheur, le véritable amour qu'elle trouve auprès de Winston.

O'BRIEN

Membre du Parti intérieur, classe dirigeante représentant « un peu moins de deux pour cent de la population de l'Océania » (p. 295-296) et vivant dans une opulence qui lui est réservée, il travaille, comme Winston Smith, au ministère de la Vérité. Gros homme « aux épaules puissantes » (p. 249) et au visage « aux traits grossiers » (*ibid.*), il dégage pourtant une assurance et une grande intelligence que Winston admire.

S'il prend le rôle du principal antagoniste du roman, il se présente dans un premier temps comme un membre de la résistance. C'est grâce à lui que Winston va récupérer l'ouvrage *Théorie et pratique du collectivisme oligarchique* écrit par l'ennemi principal de l'État, Emmanuel Goldstein. Lorsque Winston se fera arrêter, il découvrira que O'Brien l'a piégé et qu'il est un des auteurs de l'ouvrage, écrit précisément pour chasser les citoyens dissidents.

Personnage ambivalent, O'Brien est l'incarnation du Parti dans le roman : à la fois repoussant et fascinant, ignoble et admirable, Winston entretiendra envers lui et jusqu'au bout des sentiments contraires. C'est pourtant lui qui le torturera durant des semaines voire des mois, c'est lui qui détruira dans son esprit toute forme de résistance et de personnalité, le transformant en ivrogne parfaitement soumis à l'idéologie de l'État.

BIG BROTHER

Visage du pouvoir en place, Big Brother, dont le portrait orne les murs de toute la ville et s'affiche sur tous les télécrans, est un membre fondateur du Parti et le dirigeant officiel de l'Océania. Il est représenté sous les traits d'un homme « d'environ quarante-cinq ans, à l'épaisse moustache noire, aux traits accentués et beaux » (p. 11). Le portrait est conçu de telle sorte que ses yeux semblent suivre la personne qui le regarde.

Son existence est incertaine, car il ne s'affiche jamais en public. Big Brother sert avant tout à donner un visage humain au Parti. Lorsque Winston demande à O'Brien si Big Brother existe, il lui répond par l'affirmative. Lorsqu'il lui demande s'il mourra un jour, il lui dit : « Naturellement non » (p. 366), offrant ainsi de manière détournée une réponse à la question de son existence effective. Quoi qu'il en soit, cette question est facultative, car Big Brother est avant tout l'icône du Parti : il l'incarne et sert à renforcer son pouvoir et son imprégnation dans la société par un culte de la personnalité soigneusement entretenu.

EMMANUEL GOLDSTEIN

Miroir en négatif de Big Brother, Emmanuel Goldstein est la figure de la résistance connue sous le nom de « Fraternité ». Ancien membre du Parti, il est l'incarnation de « l'Ennemi du Peuple » (p. 24) et fait pour cela figure de bouc émissaire. Tous les jours, les « Deux Minutes de la Haine » (*ibid.*) sont organisées, durant lesquelles le visage de Goldstein est projeté sur des écrans géants et la population sommée de hurler sa haine, épisodes qui se transforment invariablement en hystérie collective.

Goldstein serait l'auteur d'un ouvrage dénonçant les principes du gouvernement qui viserait à maintenir les masses dans l'ignorance et la précarité. On apprend à la fin de *1984* que le livre a été écrit par le Parti lui-même. Tout comme Big Brother, l'existence effective de ce personnage est incertaine.

ANALYSE DES THÉMATIQUES

UN RÉGIME TOTALITAIRE

Lorsque George Orwell se lance dans l'écriture de *1984*, le réel lui offre l'inspiration nécessaire pour nourrir la construction de son univers dystopique. Nous sommes en 1947 et l'auteur a vécu la montée du fascisme en Espagne, foulé le pavé de l'Allemagne hitlérienne, observé attentivement le régime communiste d'URSS. La première moitié du XXe siècle a fait de multiples expériences du totalitarisme, et c'est de ces dernières qu'il s'inspirera pour doter le régime politique de l'Angsoc, qui règne sur l'Océania de 1984, de tous ses traits caractéristiques.

Un espace contrôlé

Le gouvernement manifeste son pouvoir par son omniprésence. La ville de Londres est dominée par les bâtiments des différents ministères du régime. Sur les murs de la ville, des affiches géantes à l'effigie de Big Brother rappellent au passant l'inévitable présence de son regard inquisiteur. Un regard qui n'est pas que symbolique, puisque la ville comme les appartements privés sont tous équipés des fameux télécrans, ces appareils qui surveillent tout le monde et qui diffusent en continu des messages propagandistes.

Le totalitarisme s'illustre aussi dans le roman à travers le découpage strict des zones de Londres. Ainsi, au délabrement général des quartiers prolétaires, victimes incessantes de bombarde-ments aléatoires, répondent les riches quartiers des membres du Parti intérieur dans lesquels un membre d'une autre caste ne peut entrer qu'« en de très rares occasions » (p. 239). Reste les quartiers intermédiaires réservés aux membres du Parti extérieur, en aussi triste état que ceux des prolétaires, mais préservés des bombes. La géographie même de la ville porte la marque du pouvoir qui la dirige.

Des rituels fédérateurs

À côté de ce contrôle de l'espace et des déplace-ments, le Parti met également en place une série d'outils propres au discours de propagande, en premier lieu desquels il convient de mettre les différents rituels imposés aux citoyens.

Le roman s'ouvre d'ailleurs sur l'un d'eux, les Deux Minutes de la Haine. Durant leur journée de travail, les employés se retrouvent devant un écran géant qui diffuse des vidéos d'Emmanuel Goldstein, ennemi numéro un du régime, menaçant le pays et ses habitants. Les employés doivent alors extérioriser leur haine, leur rage, face au résistant. Ces séances se terminent invariablement sur le visage et les propos apaisants de Big Brother, renforçant par là même l'attachement de la foule au dirigeant de la nation. Celui-ci est d'ailleurs au centre d'un véritable culte de la personnalité qui participe à l'endoctrinement des masses et favorise leur docilité.

Le deuxième rituel s'apparente au premier, mais se développe sur un temps plus long. C'est la Semaine de la Haine, sorte d'immense festival où toute la ville communie dans la haine de l'ennemi et l'amour de Big Brother. C'est l'un des événements les plus importants de l'année.

La guerre constante comme outil de cohésion

Dans l'univers de *1984*, la guerre est perpétuelle. L'ennemi peut changer, mais les combats ne s'arrêtent jamais. Sorte de mécanique bien huilée dont aucun gouvernement ne veut la fin, les conflits sont avant tout un prétexte. Ils servent en effet à souder les citoyens en une communauté rassemblée par le partage d'un ennemi commun. Ainsi, continuellement mis en situation d'insécurité par une propagande insistant sur la menace extérieure, le peuple ne voit plus la menace intérieure et la misère qui pèsent sur lui. La guerre constitue ainsi le moyen le plus efficace de se prémunir contre les soulèvements populaires.

Emmanuel Goldstein, dans le livre que lit Winston durant la seconde partie du roman, décrit assez bien l'utilité de la guerre dans un régime dictatorial. Son premier rôle est de couper tous les contacts avec le monde extérieur. En état de guerre perpétuelle, les habitants d'Océania sont isolés, ils ne savent pas voir ce qui se passe en dehors des frontières, dans d'autres régimes, et ne peuvent ainsi trouver de points de comparaison qui pourraient les mener à voir dans leur condition une forme d'injustice.

Deuxièmement, la guerre est un excellent moyen de faire travailler les gens jusqu'à l'abrutissement sans que le fruit de ce travail n'améliore leurs conditions de vie. « L'acte essentiel de la guerre est la destruction » (p. 271) : cet ogre insatiable dévore l'énergie des hommes et les matériaux qui pourraient être employés à améliorer leur sort. En les maintenant dans une continuelle pauvreté, le gouvernement s'assure le contrôle de cette masse écrasée de travail et maintenue dans l'ignorance et la faiblesse. Dans tout gouvernement totalitaire, les minorités privilégiées, ici le Parti intérieur, prospèrent sur l'aliénation du plus grand nombre.

UN ROMAN SUR LA VÉRITÉ

1984 dépeint un univers totalitaire dans lequel la moindre liberté est refrénée, où chaque geste est observé et analysé. En cela, il présente tous les traits caractéristiques des totalitarismes les plus coercitifs. En somme, les citoyens d'Océania n'ont à peu près aucun droit, si ce n'est celui d'obéir aux intimations du Parti. Et pourtant, l'intelligence d'Orwell est d'avoir ajouté une couche supplémentaire sur cette peinture somme toute banale. Le régime totalitaire imaginé ici n'est pas comme les autres. Son despotisme est d'un autre ordre, plus complet, plus implacable encore et c'est cette différence qui fait non seulement la singularité de *1984*, mais également sa force et son universalisme.

Ici, l'enjeu est moins d'obéir à Big Brother que de l'aimer. Mais comment rendre un régime désirable alors qu'il est en tout point détestable et qu'il n'essaye même pas de se rendre aimable ? Le lecteur ne peut être que glacé face à la description du cadre de vie et du quotidien de Winston. Celui-ci vit dans une misère absolue, sous le contrôle incessant du regard autoritaire du télécran. Il n'a aucune liberté, ne bénéficie d'à peu près aucune source d'agrément. Big Brother est horrible et ne s'en cache pas. Dès lors, pour se rendre aimable, le gouvernement va tenter de contrôler l'incontrôlable : la réalité. Comment ? Par un processus de ramollissement des consciences. Cet avachissement s'effectue par deux moyens essentiels : le contrôle total du réel et la destruction du passé.

2 + 2 = 5

La réalité n'existe pas. Voilà un constat qui résume bien l'état d'esprit que le gouvernement au pouvoir veut instiller dans l'esprit de la population. O'Brien dit à ce propos :

> « La réalité n'est pas extérieure. La réalité existe dans l'esprit humain et nulle part ailleurs. Pas dans l'esprit d'un individu, qui peut se tromper et, en tout cas, périt bientôt. Elle n'existe que dans l'esprit du Parti, qui est collectif et immortel. Ce que le Parti tient pour vrai est la vérité. Il est impossible de voir la réalité si on ne regarde avec les yeux du Parti. Voilà le fait que vous devez rapprendre, Winston. Il exige un acte de destruction personnelle, un effort de volonté. Vous devez vous humilier pour acquérir la santé mentale. » (p. 352-353)

Mais comment peut-on contrôler la réalité ? En contrôlant le langage, en l'adaptant et en le modelant : c'est précisément le rôle que joue la Novlangue. Ce nouveau langage, qui vient remplacer l'ancilangue, c'est-à-dire l'anglais, se caractérise par l'épuration de certains mots qui y est menée. Orwell, qui n'était pas linguiste, avait pourtant compris cette chose essentielle sur le langage : contrairement à l'idée commune, on ne met pas des mots sur nos pensées. La pensée est conditionnée, formatée par le langage. Comme ces Inuits qui, avec près de cinquante mots désignant la neige, distinguent effectivement cinquante nuances de neige, nous comprenons le monde parce que nous avons des mots pour désigner les choses qui s'y trouvent.

Ainsi, façonner la pensée suppose de façonner le langage. Cela, le gouvernement de l'Océania l'a tout à fait compris. En réduisant le nombre de mots, on réduit le nombre de concepts et on limite par là même les capacités de réflexion de ceux qui parlent cette langue atrophiée. Ainsi, en supprimant le mot « liberté », c'est l'idée même qu'il véhicule qui finira par disparaître. Et l'on voit alors tout l'intérêt de maîtriser le langage.

Qui contrôle le passé contrôle le présent

« Qui commande le passé commande l'avenir ; qui commande le présent commande le passé » (p. 351) : voilà le slogan que O'Brien fait répéter à Winston durant son incarcération. Cette notion de contrôle est tout aussi importante que la Novlangue dans le processus de domination du Parti. En effet, en contrôlant le passé, en le modifiant incessamment – c'est précisément la fonction de Winston au ministère de la Vérité – et en supprimant toutes les preuves de ces modifications, le gouvernement fait plus que modifier le passé, il le supprime. Ainsi, d'une seconde à l'autre, un événement d'une ampleur considérable peut être effacé.

C'est précisément ce qui arrive lorsque, au profit d'un changement d'alliance, l'ennemi héréditaire, cette Eurasia conspuée publiquement durant des années, devient tout à coup l'alliée de toujours. Ce changement, qui s'effectue en une seule phrase prononcée par les télécrans, passe comme inaperçu, et la foule, d'un seul mouvement, passe de « à bas l'Eurasia » à « à bas l'Estasia ». Le passé n'est donc pas fiable. Qu'importe, puisqu'il n'existe pas. Car le but n'est pas tant de modifier le passé que de sortir le présent du mouvement de l'histoire. Les êtres qui évoluent dans cette société sont des êtres sans passé, sans histoire et donc sans futur. Lorsqu'il n'y a plus ni passé ni futur, seul reste l'éternel présent dirigé par le gouvernement de Big Brother.

Un plaidoyer pour la liberté

1984 doit être lu comme un texte dénonçant le totalitarisme, mais il n'est pas que cela. Ce qui fait aussi de lui un bon roman, une œuvre qu'on lit avec plaisir et dont on suit avec intérêt les différentes péripéties, c'est qu'il sait nous raconter une histoire, celle de l'expérience de la liberté tentée par Winston et Julia.

Il met ainsi au centre de ses préoccupations la défense de valeurs simples dont on ne conçoit l'importance qu'à partir du moment où elles nous sont retirées : liberté de s'exprimer, de se mouvoir où l'on veut, d'occuper son temps comme on le désire, de penser.

En cela, le personnage de Julia est tout à fait représentatif, car son combat contre Big Brother, contrairement à celui de Winston, n'est ni politique ni révolutionnaire. Julia est avant tout une femme avide de sensualité qui se joue du Parti, utilise ses failles et ses faiblesses pour jouir des plaisirs soi-disant simples de la vie : profiter du véritable goût du sucre, humer l'odeur du café frais, écouter le chant des oiseaux, faire l'amour avec son amant. Julia ne se bat que pour cela. Son caractère hédoniste nous rappelle l'inestimable valeur de ces petits riens.

Mais lorsque Winston rencontre Julia, celle-ci s'est déjà émancipée du pouvoir qui l'oppressait. Winston, selon ses dires, n'est pas son premier amant et il ne laisse pas de s'étonner face à sa capacité à se jouer du pouvoir et de son professionnalisme dans sa maîtrise de la sédition. Il remarque par exemple la « précision militaire » (p. 166) avec laquelle elle organise leurs rencontres. Dans ce genre de petit jeu, lui est un parfait néophyte et le roman met en scène son progressif apprentissage.

Néanmoins, son désir de liberté est d'un autre ordre. Alors que Julia, finalement, sait se contenter de ce qu'elle a et ne souhaite pas spécialement se soulever contre Big Brother, Winston, lui, est de plus en plus incapable, même dans sa rébellion, de supporter le pouvoir qui l'opprime. C'est pour cela qu'il lit avec intérêt le livre de Goldstein alors que Julia s'endort après quelques pages. Et si elle le suit dans sa volonté d'intégrer la Fraternité, ce réseau de résistance mené par le même Goldstein, c'est avant tout par amour pour Winston. « Ce que tu fais, je le fais » (p. 236), lui dit-elle un jour alors qu'il la somme de le quitter pour ne pas risquer son avenir.

Une impossible liberté

Mais dans le monde de *1984*, la liberté est impossible, car le régime qui est au pouvoir n'est pas un totalitarisme comme les autres. Ainsi, malgré les longues réflexions de Winston et sa lecture du livre de Goldstein, une question fondamentale n'arrive pas à trouver de réponse. Pourquoi le système fonctionne-t-il ainsi ? « Je comprends comment. Je ne comprends pas pourquoi » (p. 117), écrira-t-il dans son journal comme pour exorciser cette question qui semble le mener à la folie.

Ce n'est que lorsqu'il est soumis aux pires tortures et que son esprit est proche de l'abandon que O'Brien, « avec son indiscutable pédagogie de bourreau thérapeute » (BRUNE (François), *1984 ou le règne de l'ambivalence, une relecture d'Orwell*, Paris, Lettres Modernes, 1983, p. 71), lui ouvrira les yeux. O'Brien est particulièrement lucide et les arguments qu'il propose sont bien éloignés des raisons et autres évidences habituellement avancées, comme « le bien de la majorité » (p. 370) ou la défense « du faible » (*ibid.*).

Non, ces excuses qui justifient autant qu'elles donnent bonne conscience aux despotes ne sont pas brandies par Big Brother. Son totalitarisme est en cela plus pur, plus direct : « Le Parti recherche le pouvoir pour le pouvoir, exclusivement pour le pouvoir. [...] Nous savons que jamais personne ne s'empare du pouvoir avec l'intention d'y renoncer. Le pouvoir n'est pas un moyen, il est une fin. » (p. 371-372)

O'Brien lui révèle l'évidente vérité, celle que Winston savait, mais n'osait exprimer. Et lorsqu'on la comprend, tout s'éclaire. Pourquoi torturer des personnes dont l'exécution est de toute manière programmée ? Pourquoi vouloir absolument que Winston ne fasse pas que dire ce que le Parti veut entendre, mais qu'il le pense vraiment ? Pourquoi vouloir que Winston aime Big Brother, que son amour soit véritable avant de l'exécuter ?

Car Big Brother ne peut supporter un pouvoir incomplet. Il doit être le maître des corps et des âmes de tous les éléments écrasés par la férule de son pouvoir despotique. Lorsque le révolutionnaire est exécuté, il emporte avec lui sa sédition, sa rébellion. Son inaliénable liberté de penser est sauve. Cela, Big Brother ne peut le supporter.

Lorsque Winston et Julia se promettent un amour éternel, ils ne savent pas qu'ils s'engagent dans des promesses qu'ils ne pourront tenir et la remarque de Winston a tout du présage lorsqu'il dit à Julia : « S'ils peuvent m'amener à cesser de t'aimer, là sera la vraie trahison. » (p. 237) Julia n'y croit pas : « Ils peuvent nous faire dire n'importe quoi, absolument, n'importe quoi, mais ils ne peuvent nous le faire croire. Ils ne peuvent entrer en nous. » (p. 237)

Son erreur est complète. Non seulement ils le peuvent, mais ils s'acharnent à le faire et à mener à bien cette mission avec la patience du serpent qui, pour attraper sa proie, doit se tapir dans l'ombre et attendre le meilleur moment pour attaquer. Lorsque O'Brien lui rappelle, avec force détails, un événement survenu des années plus tôt, Winston comprend qu'il était surveillé et que sa fidélité était testée depuis toujours. La Police de la Pensée attendait le moment opportun, ce moment où l'acte de rébellion est accompli pour ainsi mieux détruire toute forme de sédition.

« Le commandement des anciens despotismes était "tu ne dois pas", le commandement des totalitaires est "tu dois", notre commandement est "tu es". » (p. 360) Par ces mots, O'Brien résume le degré d'imprégnation du Parti dans les esprits. Il ne veut pas imposer par la force. Un pouvoir extérieur à soi, exogène, donne toujours, quel qu'en soit le prix, la possibilité de se lever et de dire « non ». Le refus est possible.

Si ce pouvoir substitue le « tu » au « je », qu'il ne dit pas ce que nous devons faire, mais ce que nous sommes, il est absolu. Il intègre en chacun sa propre domination et rend toute forme de rébellion impossible, puisque c'est contre soi-même que l'on devrait se retourner. Et cela fonctionne. Winston est rééduqué et lorsqu'il est libéré, la moindre parcelle de résistance a disparu. Il aime Big Brother et peut donc être exécuté.

STYLE ET ÉCRITURE

Un style au service d'un propos

On a parfois reproché à Orwell un style plat, une écriture sans grande envergure et sans personnalité. Il est indéniable que l'auteur anglais n'était pas un grand styliste, mais lui faire le reproche serait non seulement ignorer les enjeux réels de *1984* et de la plupart de ses autres romans, mais également sa conception de la littérature.

Nous l'avons dit, George Orwell était un passionné de littérature qui possédait un goût sûr et de vastes connaissances dans ce domaine. Il défendait également une vision précise du rôle de la littérature et des écrivains, opinion qu'il a développé dans un court essai intitulé « Pourquoi j'écris » (ORWELL (George), « Pourquoi j'écris », in *Essais, articles et lettres*, volume I (1920-1940), Paris, Éditions Ivrea, 1995, p. 19-27). Nous sommes alors en 1946, il vient de terminer *La Ferme des animaux* et va bientôt entamer, bien qu'il ne le sache pas encore, *1984*.

Revenant sur ses premières expériences d'écriture et la lente maturation de sa conception du rôle de l'écrivain, il dit : « La bonne prose est comme une vitre transparente. » (*ibid.*, p. 27) En effet, alors qu'il admire certains grands auteurs et « leurs morceaux de bravoure où les mots sont employés pour la seule magie de leur sonorité » (*ibid.*, p. 21) et qu'au début de sa carrière d'écrivain, il est tenté par l'écriture de textes de cet ordre, l'époque dans laquelle il vit et ses multiples expériences de la misère et de l'oppression (qu'il soit d'ailleurs du côté de l'oppresseur, comme en Birmanie, ou de l'opprimé, comme à Paris) lui instillent la nécessité d'une action plus directe. Il ajoute ainsi :

> « Ce qui me pousse au travail, c'est toujours le sentiment d'une injustice, et l'idée qu'il faut prendre parti. Quand je décide d'écrire un livre, je ne me dis pas : "je vais produire une œuvre d'art." J'écris ce livre parce qu'il y a un mensonge que je veux dénoncer, un fait sur lequel je veux attirer l'attention, et mon souci premier est de me faire entendre. Mais il me serait impossible d'écrire un livre, voire un article de revue d'importance, si cela ne représentait pas aussi pour moi une expérience esthétique. » (*ibid.*, p. 25)

1984 est ainsi le fruit de ce cheminement et l'apparente blancheur de son style n'est pas la preuve d'une faiblesse naturelle dans l'écriture, mais le fruit d'un travail et d'une réflexion qui le pousse à pratiquer l'économie de moyens. Cette « expérience esthétique » qu'il évoque est donc également une expérience de la sobriété.

Reste que dans *1984*, l'écriture et la structure n'égalent pas, à bien des égards, le chef d'œuvre d'économie que représente *La Ferme des animaux*, une fable assez proche de *1984* dans ses thématiques, mais où la forme est tout à fait soumise au rythme haletant des événements qui y sont relatés. *1984* prend beaucoup plus son temps, et Orwell ne manque pas d'installer son univers, notamment au travers de descriptions précises et détaillées qui donnent corps à l'ensemble dépeint. Ce souci de la description, activité qu'Orwell adorait, a d'ailleurs grandement influencé l'imaginaire collectif, si bien qu'à peu près toutes les fictions dépeignant des univers futuristes dystopiques doivent aujourd'hui quelque chose au travail d'Orwell dans *1984*.

La forme romanesque

Par ailleurs, on pourrait, face aux propos d'Orwell, s'interroger sur l'utilité de passer par la forme romanesque. Pourquoi en effet ne pas écrire un essai politique dans lequel il aurait dénoncé avec force ce qu'il estimait dangereux dans la société de son temps ? Pourquoi passer par le biais d'une fiction, emprunter le chemin détourné de la dystopie, ce genre qui présente une société où le bonheur est rendu impossible, si son souci premier était avant tout de se faire entendre et d'attirer l'attention sur un fait qu'il souhaitait dénoncer ? La fiction est une prise de risque indéniable, car on peut toujours être mal compris (ce qui n'a d'ailleurs pas manqué d'arriver avec *1984* – voir <u>La réception de 1984</u>).

Il a fait ce choix pour deux raisons principales. D'abord, le souci esthétique ne quitte jamais Orwell. Il affirme ainsi : « Ce à quoi je me suis le plus attaché au cours de ces dix dernières années, c'est à faire de l'écriture politique un art à part entière. » (*ibid.*, p. 25) Il avait donc l'ambition de mêler littérature et politique, de faire de la prose fictionnelle l'instrument d'un combat politique. Son premier essai, *La Ferme des animaux*, est un succès. Il est indéniable que cette réussite lui a donné des ailes et l'a poussé à l'écriture d'une nouvelle œuvre dans cette veine. Mais ce n'est pas la seule raison.

Le choix du roman ne s'est pas fait au hasard et il est faux de penser qu'Orwell aurait pu défendre le même propos indépendamment de la forme que prenait son récit. Nous l'avons vu plus haut, *1984*, s'il s'inspire indéniablement de la révolution russe, n'est pas qu'une charge contre le stalinisme. Celle-ci aurait effectivement pu se délester du poids de la fiction. *1984* est une dystopie et il convient de prendre en compte toutes les conséquences que ce choix implique.

Orwell construit dans ce roman un modèle politique cohérent et complet dont la description devait permettre d'« empêcher son avènement » (BRUNE (François), 1984 *ou le règne de l'ambivalence, une relecture d'Orwell*, Paris, Lettres Modernes, 1983, p. 155). Selon Bernard Crick, *1984* est « une mise en garde rationnelle et longuement préméditée contre les tendances totalitaires dans les sociétés comme les nôtres » (cité par BRUNE (François), *ibid.*).

Comme l'a bien montré François Brune, le choix du genre dystopique, et donc de la fiction littéraire, participe à la signification du message politique qui est véhiculé, car la forme romanesque permet de mettre en scène et ainsi de faire éprouver à des personnages le système politique dans lequel ils évoluent. Le lecteur, au lieu de simplement comprendre, voit sous ses yeux l'influence d'un tel régime politique sur l'existence même d'êtres humains. Il l'incarne. Il raconte aussi une résistance à ce système et son échec et montre ainsi les limites intrinsèques « de la conscience militante » (*ibid.*, p. 156). *1984* complète les essais politiques d'Orwell dans une forme plus concrète qui, plus qu'une synthèse, ajoute une couche signifiante supplémentaire à son travail de journaliste et d'essayiste.

STRUCTURE DU ROMAN

Une structure classique

Encore plus que le style, la structure de *1984* ne présente pas de traits particulièrement singuliers. Pour Orwell, le message primait indéniablement sur la forme. Le livre est ainsi construit en trois parties de longueur plus ou moins équivalente.

Chacune d'elle présente une grande étape dans le parcours intellectuel et affectif de Winston.

La première concerne son éveil face au fonctionnement du régime politique dans lequel il vit. L'écriture d'un journal, premier acte de rébellion, signe le départ d'un cheminement aussi bien affectif qu'intellectuel qui le mènera, dans la seconde partie, à une véritable double vie. Mais s'il comprend de plus en plus le comment, il n'arrive pas à bien saisir le pourquoi. Pour quelle raison le parti entretient-il ce climat de guerre permanente ? Pourquoi est-il obsédé par le contrôle total de tous les citoyens ? Autant de questions qui viennent clore la première partie du roman, et qui commenceront à trouver des réponses dans la deuxième.

Celle-ci correspond à la période de maturité du personnage de Winston. Sa relation avec Julia est le symbole de ce passage à l'acte qui définit la seconde partie du roman. En effet, si l'événement est tout aussi condamnable aux yeux du gouvernement, la résistance de Winston était jusqu'alors essentiellement intérieure. Ici, la résistance est complète. Ses actes se conforment à ses pensées et Winston reprend possession de sa vie. Ce travail de sédition prendra sa forme ultime dans la volonté de Wilson de s'engager auprès de la Fraternité afin de combattre, avec les armes s'il le faut, le puissant gouvernement de Big Brother.

Mais tout cela n'était qu'illusion et la troisième partie raconte la chute de Wilson et sa réintégration dans une ligne orthodoxe.

Un destin tragique

Aude Lemeunier souligne la dimension tragique du roman. Si l'on ne la suit pas dans sa comparaison un peu artificielle avec la structure classique de la tragédie, il est indéniable que le roman est construit sur une dynamique tragique (LEMEUNIER (Aude), 1984 *George Orwell*, Paris, Hatier, coll. « Profil d'une œuvre », 2004, p. 41-48).

En effet, le tragique se caractérise par l'inéluctabilité du destin, funeste, qui s'abat sur les personnages. C'est un trait que l'on trouve évidemment dans les tragédies classiques, mais que l'on retrouve aussi dans de nombreuses autres formes de fiction, comme dans *1984*. Dès le départ en effet, le destin de Winston est scellé.

Croyant s'émanciper de son endoctrinement et user de son libre arbitre, l'ensemble de ses actions est pourtant dirigé par le gouvernement qui, ayant senti en lui des prédispositions à la sédition, le pousse à dévoiler sa vraie nature en facilitant ses actes de rébellion.

Ainsi, dès le départ, l'achat du journal s'est fait chez l'antiquaire qui était un agent de la Police de la Pensée. De même, O'Brien n'est pas un membre de la Fraternité comme il le prétend, mais se fait passer pour tel précisément dans le but de piéger des personnes comme Winston. L'on apprend d'ailleurs dans la dernière partie du roman, que cette Fraternité n'existe probablement pas et que le livre de Goldstein a été écrit par un groupe du Parti intérieur dont fait partie O'Brien.

Il ne faut donc pas voir dans le parcours de Winston un progressif détachement des prescrits du Parti qui le mènent, *in fine*, de prises de risque en prises de risque à l'arrestation. Dès le départ, cette arrestation était prévue, et la Police de la Pensée attendait simplement que la rébellion de Winston soit achevée pour l'arrêter et le briser plus durement et plus certainement encore.

Le jeu d'Orwell ici est de raconter l'ensemble de l'histoire selon le point de vue de Winston, en focalisation interne. Le lecteur est ainsi lui aussi pris au dépourvu au moment de l'arrestation. Bien sûr, certains indices laissaient présager une fin malheureuse et Winston lui-même n'en avait aucun doute. Dès les premières pages, alors qu'il vient de rédiger les premières lignes de son journal, il fait preuve d'une implacable lucidité :

> « Qu'il écrivît ou n'écrivît pas À BAS BIG BROTHER n'avait pas d'importance. Qu'il continuât ou arrêtât le journal n'avait pas d'importance. De toute façon, la Police de la Pensée ne le raterait pas. Il avait perpétré – et aurait perpétré, même s'il n'avait jamais posé la plume sur le papier – le crime fondamental qui contenait tous les autres. Crime par la pensée, disait-on. » (p. 33)

Plus loin dans le roman, Winston et Julia font le même constat, leur amour n'est qu'une parenthèse dorée et sa fin, qu'elle arrive dans six mois ou un an, sera définitive lorsqu'ils se feront arrêter. C'est que tous leurs actes mènent à ce destin. La surprise vient donc ici, non pas du sort funeste qui leur est promis, mais de la nature de la rébellion qui les y mène. Une rébellion totalement contrôlée et organisée par le pouvoir lui-même. Dans l'univers de *1984*, aucun espace de liberté n'est possible.

LA RÉCEPTION DE *1984*

UN CLASSIQUE DE LA LITTÉRATURE ET UN SUCCÈS DE LIBRAIRIE

1984 est sans aucun doute une œuvre majeure de la littérature anglaise et mondiale. À sa sortie, le succès est immédiat. Alors qu'Orwell lui-même prédisait un avenir médiocre à son roman, espérant le vendre tout au plus à 10 000 exemplaires, il s'en écoule près de 500 000 exemplaires dès la première année de publication en Angleterre et aux États-Unis (MALTÈRE (Stéphane), *George Orwell*, Paris, Gallimard, coll. « Folio biographies », 2015, p. 289-290 et CRICK (Bernard), *George Orwell*, Paris, Flammarion, coll. « Grandes Biographies », 2008, p. 659). L'ouvrage devient alors un classique et il ne cessera jamais de se vendre.

Mais ce succès commercial s'accompagne, dans l'ensemble, d'une reconnaissance critique. Une journaliste du *Time and Tide*, grand hebdomadaire politique britannique, écrit à la sortie du roman qu'« Orwell a élaboré le livre le plus puissant, le plus passionnant et le plus précieux qu'il ait jamais écrit » (Crick (Bernard), *George Orwell*, Paris, Flammarion, coll. « Grandes Biographies », 2008, p. 660).

Notons tout de même que le propos du livre n'a pas toujours été bien compris et que tout un pan de la critique a vu en *1984* non seulement une charge anticommuniste, mais également un pamphlet contre le socialisme en général. Cette lecture indéniablement réductrice, et surtout instrumentalisée par certains groupes politiques pour nuire aux partis de gauche, blesse Orwell qui toute sa vie s'est illustré comme ardent défenseur des valeurs socialistes.

DANS LES PAYS FRANCOPHONES, UN SUCCÈS PARADOXAL

Nier le succès de *1984* dans les pays francophones serait tout à fait erroné. Le roman est une œuvre classique largement diffusée et l'adjectif « orwellien », évoquant une surveillance généralisée, ou l'entrée dans le langage courant de l'expression « Big Brother », prouvent avec évidence l'influence de l'œuvre sur l'imaginaire et l'inconscient collectif.

Le succès du roman, et surtout de son auteur, n'est toutefois pas comparable à celui qu'ils connaissent dans les pays anglo-saxons. Reconnu là-bas comme une grande figure politique et un auteur majeur du xxᵉ siècle, il est souvent ici réduit à *1984*, auquel peut s'ajouter *La Ferme des animaux*. De plus, *1984* est parfois considéré, à l'instar des romans d'Albert Camus (écrivain français, 1913-1960) – dont la position politique n'est d'ailleurs pas totalement étrangère –, comme une œuvre pour classes de terminale, relativisant ainsi la richesse et la complexité de son propos.

Cette image d'auteur de seconde zone qui lui colle à la peau est illustrée par la charge que Milan Kundera (écrivain tchèque de langue française, né en 1929) réserva au roman d'Orwell. Dans son essai *Les testaments trahis* (1993), il juge l'œuvre de l'auteur anglais comme une « pensée politique » artificiellement déguisée en « mauvais roman » (KUNDERA (Milan), *Les testaments trahis*, Paris, Gallimard, coll. « Folio », 2000, p. 268-269). Il aurait en somme trahi la littérature en rédigeant un texte de propagande et non une œuvre littéraire. Néanmoins, cette critique, peut-être symptomatique d'une vision française de l'art et de la littérature comme objets purs, ne doit pas cacher l'indéniable succès mondial de *1984*.

PLUSIEURS ADAPTATIONS

Les quatre principales adaptations de *1984* pour le cinéma ou la télévision sont anglaises. Rien d'étonnant pour cette œuvre majeure du patrimoine anglais. Les deux téléfilms n'ont pas fait l'objet d'éditions sur support physique et n'ont pas franchi les frontières de l'Angleterre, tandis que l'adaptation cinématographique de Michael Anderson (réalisateur anglais, né en 1920) datant de 1956 a quelque peu vieilli. Le film de Michael Radfort (réalisateur anglais, né en 1946), sorti – ce n'est pas un hasard – en 1984, constitue quant à lui l'adaptation la plus connue et certainement la plus réussie du roman.

Le réalisateur a fait le choix d'une adaptation extrêmement fidèle. Il reprend ainsi l'intrigue presque à l'identique, modifiant quelques éléments anecdotiques afin de resserrer un peu le

rythme du récit. De même, la plupart des mono-
logues de Winston et des dialogues présents dans
le roman se retrouvent dans le film. Il est tout de
même à noter que deux éléments du roman, à
l'intérêt visuel indéniable, ont retenu l'attention
du réalisateur et ont été développés dans le film.
Ainsi, la figure du rat, dont Winston a horreur et
qui sera utilisée à la fin de l'histoire pour le soumettre complètement et définitivement au Parti,
est beaucoup plus présente dans le film.

Alors que, dans le roman, sa peur des rats n'est
évoquée qu'à une seule occasion avant la séance
de torture, le film associe l'animal aux rêves de
Winston, et surtout à ceux qui mettent en scène
sa mère. Ses rêves sont le symbole à la fois de sa
nostalgie d'un cocon familial dont l'existence est
rendue parfaitement impossible dans le régime
politique d'Océania, et de sa culpabilité, ancrée
en lui bien qu'infondée, envers la disparition de
sa mère et de sa sœur. Le film rend la phobie de
Winston plus forte et surtout plus symbolique,
puisqu'elle est présentée comme un transfert
de l'expérience traumatique de son enfance sur
l'animal et rend ainsi la torture finale encore plus
insupportable.

Dans le même ordre d'idée, le « Pays Doré » (p. 49) dans lequel Winston se réfugie en rêve est, dans le film, associé à la fameuse salle 101 où les bourreaux usent des peurs les plus intimes des prisonniers pour les torturer. À la fin du film, alors que Winston vient d'être torturé dans cette salle et qu'il s'est soumis corps et âme au Parti, le spectateur retrouve Winston et O'Brien dans le Pays Doré. Le prisonnier regarde son bourreau, et dans un élan d'amour, lui dit qu'il l'aime.

Cette scène, durant laquelle le visage de O'Brien se substitue à celui de Julia, dans une confusion totale des sentiments, illustre la victoire du Parti sur l'esprit de Winston. Celui-ci ne s'est pas simplement soumis, son esprit a été remodelé selon les exigences du Parti et ses sentiments amoureux ont été transférés sur Big Brother.

Votre avis nous intéresse !
Laissez un commentaire sur le site de votre
librairie en ligne et partagez vos coups de cœur sur
les réseaux sociaux !

BIBLIOGRAPHIE

SOURCES BIBLIOGRAPHIQUES

- BRUNE (François), *1984 ou le règne de l'ambivalence, une relecture d'Orwell*, Paris, Lettres Modernes, 1983.

- CRICK (Bernard), *George Orwell*, Paris, Flammarion, coll. « Grandes Biographies », 2008.

- KUNDERA (Milan), *Les testaments trahis*, Paris, Gallimard, coll. « Folio », 2000.

- LEMEUNIER (Aude) 1984 *George Orwell*, Paris, Hatier, coll. « Profil d'une œuvre », 2004.

- LEYS (Simon), *Orwell ou l'horreur de la politique*, Paris, Hermann, coll. « Savoir », 1984.

- MALTÈRE (Stéphane), *George Orwell*, Paris, Gallimard, coll. « Folio biographies », 2015.

- ORWELL (George), *1984*, Paris, Gallimard, coll. « Folio », 1993.

- ORWELL (George), *La Ferme des animaux*, Paris, Gallimard, coll. « Folio », 1983.

SOURCES COMPLÉMENTAIRES

- BÉGOUT (Bruce), *De la décence ordinaire*, Paris, Éditions Allia, 2008.

- COHEN (Henri) *et alii, Orwell a-t-il vu juste ? Une analyse sociopsychologique de* 1984, Québec, Presses Universitaires du Québec, 1986.

- ESTEVES (Olivier) et ROSAT (Jean-Jacques), *Orwell, entre littérature et politique*, Marseille, Éditions Agone, n° 45, 2011.

- GENSANE (Bernard), *George Orwell. Vie et écriture*, Nancy, Presses universitaires de Nancy, coll. « Univers anglo-américain », 1994.

- JARRY (Isabelle), *George Orwell, cent ans d'anticipation*, Paris, Éditions Stock, 2003.

- MICHÉA (Jean-Michel), *Orwell éducateur*, Castelnau-le-Lez, Éditions Climats, 2003.

- ORWELL (George), *Essais, articles, lettres*, volume I (1920-1940), Paris, Éditions Ivrea, 1995.

- ORWELL (George), *Essais, articles, lettres*, volume II (1940-1943), Paris, Éditions Ivrea, 1996.

- ORWELL (George), *Essais, articles, lettres*, volume III (1943-1945), Paris, Éditions Ivrea, 1998

- ORWELL (George), *Et vive l'aspidistra*, Paris, Éditions Ivrea, 2003.

- ORWELL (George), *Le Quai de Wigan*, Paris, Éditions Ivrea, 1995.

- ORWELL (George), *Une histoire birmane*, Paris, Éditions Ivrea, 1996.

ADAPTATIONS

- *1984*, téléfilm de Rudolph Cartier avec Pete Cushing, Andre Morell et Yvonne Mitchell, Angleterre, 1954.

- *1984*, film de Michael Anderson avec Edmond O'Brien et Jan Sterling, Angleterre, 1956.

- *The World of George Orwell : 1984*, téléfilm de Christopher Morahan avec David Buck, Joseph O'Conor et Jane Merrow, Angleterre, 1965.

- *1984*, film de de Michael Radford avec John Hurt, Richard Burton et Suzanna Hamilton, 1984.

SOURCE ICONOGRAPHIQUE

- Portrait de George Orwell en 1943. La photo reproduite est réputée libre de droits.

Éditeur responsable : Lemaitre Publishing
Avenue de la Couronne 159 | BE-1050 Bruxelles
info@lemaitre-editions.com

ISBN ebook : 978-2-8080-0750-4
ISBN papier : 978-2-8080-0751-1
Dépôt légal : D/2017/12603/952
Couverture : © Lisiane Detaille.

Conception numérique : Primento,
le partenaire numérique des éditeurs.